김정삼 시집

꿈 속에서
꿈을 꾼다

김정삼 시집

꿈 속에서 꿈을 꾼다

거 누구든
날찾아오시거든
깨우지 마시게나
난지금 꿈을 꾸고 있다네

한누리미디어

삶을 성찰하며 자아를 되새기는 서정미

1987년에 우리 한누리미디어의 전신인 도서출판 한누리에서 네 번째 개인시집《수레바퀴》를 상재하신 김정삼 시인께서 33년이 흐른 지난 2020년 3월, 전대미문의 감염병인 코로나19가 본격적으로 창궐하던 그 즈음에 다시금 우리 출판사와 인연이 닿아 열한 번째 시집《우주복덕방》을 상재하였다.

그리고 시 창작에의 의욕이 과했던지 그 뒤 다시 파킨슨씨병이 악화되어 1년여를 요양병원에서 장기 입원해 있다가 또 다시 병세가 호전되어 퇴원하시고는 2022년 10월 요양병원에서부터 써 모은 시, 돈과 관련한 아포리즘 성향의 짧은 연작시 '아파트' 150여 편을 모아 열두 번째 시집《아파트는 웃고 난 쩐에 울고》를 상재하였다.

요컨대 김정삼 시인의 일상이란 것이 병마와 싸우느라 활동반경이 지극히 제한되어 병원과 집만을 오가는 매우 단

조로운 것이 현실이지만 김정삼 시인의 뇌리 속에서는 더욱 더 활발하게 요동치며 시편들이 자리하고 있어 그 아픈 삶을 무척이나 아름답고 풍성하게 가꾸고 있었던 것이다.

더욱이 자식들 5남매 모두가 의사에 민항기 조종사, 양호 교사 등으로 취업하여 성공적으로 정착하고는 도보로 10분도 안 걸리는 지근거리에 모여 삶을 영위함으로써 이제는 중환자실에 실려 갈 상황이 닥쳐와도 마음이 놓여 편안하게 소일하는 차원에서 시 창작에 임하여 또 다시 시집으로 엮게 되었다는 것이다.

이름하여 《꿈속에서 꿈을 꾼다》인데, 사실 오랜 병마에 심신이 지쳐 있을 법한 상황이었지만 역시 문재(文才)가 뛰어나 10권의 시집을 상재한 뒤 20년이나 절필하였다고 하였지만 실은 이 기간에도 시집으로 엮지만 않았을 뿐 변함없이 시 창작에 임하여 150편씩 10권이나 되는 스크랩북을 만들어 보관하고 있었던 것이다.

이제 시차는 있겠지만 4년 내지 20여 년 동안 잠들어 있던 이 시편들을 시집으로 엮겠다는 의욕을 내보이시는 김정삼 시인의 의지대로 부디 건강을 되찾으시고, 시편 모두가 시집으로 엮어져 인생을 관조하고 삶을 성찰하며 자아를 되새기는 짙은 서정이 끊임없이 묻어나와 독자들 모두에게 깊은 감동으로 전해지길 기대해 본다.

김재엽 (문학비평가, 정치학박사, 한국불교문인협회 회장)

차례

제1부 인생은 깡통증권

제2부 난

차례

제3부 해야 해야

제4부 세상도 몸도 다 헐려 있더라

차례

제5부 벌주 한 잔 더하고 가소

제6부 가는 세월 붙잡지 못한 것은

꿈 속에서
꿈을 꾼다

제 1 부

인생은 깡통증권

하의도에서 청와대로

훈훈한 봄바람도 남해서 불어오고
노란 개나리도 남해부터 피어난다
평화의 물결도 남쪽 바다에서 일고
평화의 여신도 남쪽 땅에 살고 있었다
하늘 아래 흰 구름 감싼
하의도에 새 태양이 떠오른다
가슴마다 축제로 피어나는
무궁화동산
거북선 돛대 위로 갈매기 춤추며
몰려드는 민중들 한 마음 되어 뜨거운 정
와락 끌어안고 조국찬가 부른다
싱그러운 바다 내음 이슬 앉은 잔디밭
새 천년 새 아침 공작의 무늬 빛
가슴마다 마음 열고 희망의 노래 부른다
청송의 가지마다 봉황이 날으고
물소리 새소리는 민주의 노래 천지가 밝아와
왕조가 웃고 조상님 기침소리가 담을 넘는다
슬픔의 그늘 한(恨)으로 비친 안개는
가는 천년 따라 가거라

하늘로 향한 어사화 하의도를 지키며
인동초 강함 깨달음을 배운다
피어 보지 못하고 떨어져 간 젊음들
이제 청와대는 타향이 아니다
얼어붙은 자유를 비집고
헤쳐 나온 무쇠보다 강한
인동초는 강산 가득 자유와 민주의 향기로
영원히 피어 있어야 한다.

*김대중 대통령 당선 2주년 기념식 날 하의도 생가에서 필자
 가 직접 낭송한 시

빈곤한 시

빈곤을 줍고 가는 인생살이
가도 가도
이정표 없는 내 번지는 어디쯤에 있을까
오늘도 하룻밤 뜬눈으로 새우고
어제 아침 뜬 해는 오늘 아침에도 뜨지만
내가 살아있음이 불행일까 행복일까
미소진 해는 잘 익은 사과처럼 웃고 오지만
오늘 하루 살아있음에 내일도 감사한다
빈곤 속에 하루해 황혼이 아름답게 저문다

밤 하산길

지금껏 너무 오래 살아왔다
내일 없는 오늘 짧은 시 한 편에 감사한다
긴 글도 쓸 수 없고
구멍난 등산화 사이로
개구리가 뛰어든다
하산길 더듬어 둥지 찾아 가야지
가족들 생각에 걸음은 바쁘고
깊고 높은 산 가노라면
휘어진 허리 쓸어안고 자빠져
눈물이 씻어내며
이슬을 맞고 있네

동백

사람은 사람이어야 사람이다
동백도 겨울에 피어야 동백이지
봄에 피는 꽃은 춘백이다

술 취한 세상

너는 죽어 봤느냐
나는 하루 열 번씩 죽어 봤다

너는 하루 해주(술) 다섯 병씩 마셔 봤느냐
나는 삥병도 없어 못 마셔 봤다

그러나 나는 종일토록 취해 있다
세상에 취하고 가난에 취하고
취하지 않고는 살 수 없는 세상이다

세월

하늘 보고 산을 보고
세상사 마주보고

땅을 보고 강을 보고
지난 날 그려보고

세월 보고 나를 보고
인생사 뒤돌아본다

바람의 색채

엷어지는 가을 하늘
계절 흔들며 부는 바람은
무게와 색채가 있을까
만남과 이별의 길목
흔적 없이 쓸고 가는 바람은
어떤 색채일까
잡을 수도 없는 천년의 불변 바람은
냄새도 빛깔도 없다
하이얀 생각들만 구름 속으로
산을 넘는다
고향에서 불어오는 여인의 향기
지금도 남정네들 속가슴 태울까
세월 속에 감춰둔 사연
간절히 바람에 띄운다
파도 타고 오는 바람은
태초에 무엇이었을까
삶속으로 숨어드는 가을바람은
낭만의 색깔일까
자연이 보내준 선물일까

건널 수 없는 섬

한 걸음 다가가면
열 걸음 멀어져 있고

작은 강 건너면
한가람 더 강이 있다

작은 산 넘어가면
첩첩 산이 막는다

얼마를 더 가야
그대 곁에 갈 수 있을까

나무 장승 같은 표정
약속 없는 웃음
냉기류만 흐른다

쇠다리 돌다리로도
건널 수 없고

범선 기선으로도
갈 수 없는 그대의 섬

새가 되어 날을 거나
날틀 되어 날을 거나

물길로
그대 곁에 갈거나

이상기류

자연의 원색도
변하게 하는
철 이른 눈바람에
말라 버린 나뭇잎들
제 빛을 잃고
정지된 가을 산
첫눈 등에 업고
움츠러든 산 어름
바람에 묻어오는
가을 냄새만
허심한 마음으로
온 길 되돌아간다

인생은 깡통증권

하루를 버티면
또 하루가 기다리고 있다
가난을 이겨내는 법을
터득 못함이 두렵다
한 치 앞도 모르는 인생사
아프지 않은 매 맞으며
삶의 본색이 흔들린다
거품 많은 세상
때로는 긴장도 필요하다
포말 같은 주식처럼
결과는 허망할지라도
어디가 시점이고
어디쯤이 끝일까
종점은
화려한 주택일까
초라한 유택일까
감추어둔 유산은
지키지 못한 약속 때문일까
증권도 사라지고 사람도 떠난 자리
무엇이 남아 있을까

황혼 나그네

초야에 묻혀도 그대 향한 마음
나가 있어도 님을 쫓는 기쁨이네
사람마다 기쁨이 슬픔이요
슬픔이 기쁨일 수도 있겠지만
일상의 아픔 때문에
기쁨을 모르고 살아왔다
어둡고 찬바람 불어 닥쳐도
허공을 날으는 구름 속에
달 같은 힘없는 황혼
갈 길이 멀어도 멀어도 너무 멀다
어두워지기를 기다린다
내일 모레면 화창한 봄날에
부신 볼거리가 펼쳐지겠지만
오늘은 온통 붉은 빛 뒤덮인
늦은 가을이 두고 간 견디기 어려운
저녁이슬 굴뚝에 목멘 연기
아름다운 것은 푸르름이
있기 때문일까

나는 있다

나는 있다
그러나 나는 없다
하루하루 무사하면
다행스런 하루
세상 복판에
호올로 있다
하늘 아래 어디에도
내 그림자는 없다
네 발로 기어도
흔적 없는 영점
삶을 버티며
가을 모서리에
교목 같은 나
마른 잎 불 태우며
나를 찾아야지
허허들판 나뒹구는
나는 없다
그러나 나는 있다
있는 듯 없는 듯
나는 있다

일생일란

이제야 알 것 같다
난이 우리 조상님들
문화며 선비의 스승인 줄을
산이 울려 메아리는
난향이 응답하네
나는 어찌 하산하여
집에 있는 난이 꽃피어
지도록 보고만 있을까
일생일란 꿈의 난초
어디서 어떻게
만날 수 있을까

하얀 세상

온누리에 설백으로 뒤덮인
세상이 그립다
지금쯤 눈이라도 펑펑 왔으면
답답함 풀리련만
몸과 마음이 을씨년스럽다
해마다 오는 눈이지만 첫눈은 다르다
밟으면 뽀드득 발자국 소리가
기분 좋은 전류로 흐른다
첫눈은 첫 사랑의 상징일까
젊음들이 밤을 새워 기다린다
소복한 눈은 산하가 따스하다
동심에 헤매이며
첫눈을 기다리는 밤
오늘밤 하이얀 눈이 쏟아져
어수선한 시국 덮어버리고
눈 같은 세상 왔으면……

사랑의 보험, 이별고

삶도 사랑도 결코 쉬운 것이 아니다
만남과 헤어짐은 운명의 고통이다
찢기도록 가슴이 아파도 보상이 없다
국가나 기관 그 뉘라도 책임지는 이가 없다
그리고 사랑의 은행이 있어
미래의 적금통장이었으면 좋겠다
정과 믿음이 가득한 카드라도 발행해야 한다
작별은 낙찰계처럼 순번도 없다
헤어질 때를 대비해 사랑의 보험이라도 있어야 한다
위험을 피하기 위해서는
시험을 치러 사랑할 자격을 주어야 한다
그리고 나라님이 정한 특정보험을 제정해야 한다
피멍으로 상처뿐인 이별 앞에
위로의 눈물 닦아줄
보장성 보험이 꼬옥 있어야 한다
사랑하는 사람들 인격을 존중하기에는
사랑의 보험이 필요하기 때문이다.
보험도 없는 이별은 치유할 수 없는 흉터 자국만 남아
십자로 버티고 있다

떠나는 배

섬과 섬 사이로 숨어드는 바람
옷깃을 여미어도 싸늘하다
물안개 붙잡고 고향 하늘 바라보면
어젯밤 그려 놓은 삶의 생각들

바다를 건너야 한다
노를 저어야 한다
동행자도 없이 가야 하는 바닷길
사공 노래가 주막집 주모를 깨워
이 빠진 사발로 막걸리를 마셔야 했다
너도 한 잔
나도 한 잔
일 배 일 배
인생사주 일 배

밤이 돌고 하늘이 돌아
아침이 돈다
아침 해장 석 잔에
하늘이 돈다

나도 한 잔
너도 한 잔
더 더 더

바람에 바다가 녹슬고
날품삯이 없어져 간다
주모는 나를 끌어안고 하소연한다
인생사 소설 같고
세상사 연극이라며
해는 중천에 떠 지켜보는데
주모는 나를 끌어안고
울며 또 울며 놓아주지 않는다

가야 한다
떠나야 한다
노를 젓고
바다를 건너
크고 작은 섬 사이로
노도는 춤을 춘다

고향을 찾아
가야 한다
배는 떠나 멀어지고
주막집 주모
아롱거린다

인생낙과

피 흘리지 않고
익어가는 과실이 있으랴
꽃으로 피었다가
계절이 바뀌면
두덤두덤
인생길 물어물어
찾아가는
나그네
밤길 가는 길손
동행자 찾아가네

변하는 계절
이대로만 보내랴
울고 우는 타향살이
밤새워 아침을 기다리는
새벽길에
오늘은 어디쯤
밤을 새워
내일을 찾아갈까

주섬주섬
아침을 챙겨 떠나야지

인생은 설익은 낙과
깊이깊이 숨어버린
설익은 낙과

오늘도 내일도
빈집 찾아 떠나는
설익은 유실수

인생낙과

가 보고 싶다 그 곳에

한양땅에 부는 바람 평양에도 불겠지
남산에 자고 가는 구름아
내일은 묘향산에 쉬어가겠지
언제쯤 남과 북 뻥뻥 뚫고 오고 갈까?
실향민들 한과 함성이 남쪽 땅에 벙그러 꽃을 피우면
새 삶의 벽돌로 새 서울 건설해 거대한 태양처럼
하늘로 솟아올라 자고 나면 키만큼 커 있다
세계인이 달려와 축제 노래 부르고
조국찬가 한강 가득 둑을 넘는다
내일의 꿈은 남산을 안고 서쪽으로
달마는 동쪽으로 간다
평화의 물결도 남쪽 바다에서 일고
평화의 여신도 남쪽 땅에서 살고
삼각산 바람소리 아침을 깨워 하루를 시작하고
골목마다 큰 기침소리 담을 넘어 북으로 가는데
우리는 언제쯤 두손 꼬옥 잡고
대동강 Tour(투어)를 할까?

탁주

누군가와 나누고 싶은
술 한 잔이 그리워진다
길도 없는 산속을
헤매인 저녁
세상사 산에게 물어보고
내뱉는 넋두리는
그냥 토해내는
하소연이 아니다
쉽게 삶에 길들지 못하고
힘들게 이어가는
민초의 하루
안주 없이 마시는
탁주 한 잔이 게걸스럽다

줄어들지 않는 생각들

고향은 생각만 해도
마음이 설레이는 까닭은
못 잊을 추억만이 아니다

우연히 스쳐만 가도
특별한 인연처럼
왜 그리도 얼굴이 뜨거워지는지

눈 감으면
가슴을 비비며
파고드는 얼굴들

그리움을 가로막고
비켜설 줄 모르는
고향 생각들이 줄어들지 않는다

산모롱 탯자리엔
들풀 한 포기
지금도 팔 벌리고 피어 있는가

제2부

난

춘란

난은 절벽에 피어 있고
봄은 겨울 속에서도 촉을 틔운다
찬란하게 피어야 할
꽃은 봄으로 깊어가고
나비는 들꽃 위로 날고 있다
잔잔한 강물은
산골에서 울기만 하지만
눈물 보기는 어렵더라
분주한 춘란은 바람 앞에 향기롭다
바위에 앉아 시를 읊을 때는
새들도 말을 하고
사람들이 다가오면 꽃들도 숨더라
산 넘어 들려오는 봄의 향연
꽃들의 눈물 새들도 울더라

난(蘭) · 1

드러난 뿌리로 버티고
막 감은 머리같이
윤기가 곱다
꽃다운 꽃향기가
바람 타고 전해 오고
순하고 부드러운
여인 같은 소심
난향으로 전해 오는
보고 싶은 그리움
난도 사람을 좋아하지만
사람이 다가가면
숨을 듯 멀리 하더라

난(蘭) · 2

난향은 바람과 이슬로
맑은 향기 남에서 오네
그윽함을 멀리 풍기며
꽃향기 낭떠러지
바람 타고 건너가네
사람 있는 곳을 원치 않고
몇 해나 자랐을까
손 가는 대로 어지럽게
향을 뿜는다 높은 절벽
손을 뻗어 난폭을 잡으려고
산언덕 눈이 부셔 돌아가도
못하고 난잎도 향기로운 소심
가지런히 소문난 난 그림같이
눈이 시리도록 보고만 가네

난(蘭) · 3

꽃잎에 내리는
이슬방울은
입가에 머무는
술잔처럼 감미롭다

빈 방에 홀로 앉아
지새운 아침
꽃망울만 바라보다
하루가 저문다

물안개
불러 모아
난잎 적셔주면
누웠던 잎들
허리 펴며 일어난다

난(蘭) · 4

힘겨운 날들
골방에 난향이 찾아드니
덕 없는 주위가 밝아진다

꽃잎마다 새겨진
한 편의 시어들
서당선생 같구나

온갖 소망들이
난 끝에 매달려
오늘을 접어
내일로 간다

난(蘭) · 5

사철 푸르름으로
오늘도
내일도
산이 부르네

난과 산은 긴 동행
마르지 않는 샘물
새롭게 기다리는
난향은 상상일까
더디게 오는 봄의 향연

난(蘭) · 6

백년 세월
느리게 피우는 꽃봉오리

천년도
한 걸음부터 왔으랴

사람의 마음이란
왜 이리 조급한지

난을 보며
기다림을 배운다

만남은 귀한 인연
떠남은 운명

내 한사코
떠나지 않으리
난 곁에서

난(蘭) · 7

얽혀 있는 뿌리들
공간이 비좁아
이사를 간다

봄바람 젖가슴
시원한 통풍

하얀 속살
새움을 틔워

정이 익어 있는
여인처럼

그냥 그 자리에 있기만 해도
향기로운 것은

언젠가 떨기를 풀고
분촉으로
떠나야 할
난의 운명

난(蘭)·8

퇴촉을 움틔우며
한 줄기 햇살로 오는 난향

숲속 가득 감기는
푸르름에 기대 꽃을 피운다

아지들 발돋움이
계절을 비집고

능선에서 만난 소심(素心)
젖가슴 같은 봉오리

어질지 못함을
난향이 꾸지람한다

난(蘭) · 9

기대 부푼 희망들이
난 끝에 서성인다

찬란한 기다림의 입술
봄 햇살에 내민 얼굴

가쁜 숨 내뿜으며
솔밭을 더듬는다

모롱에 걸쳐 있는
산 그림자 등에 업고

지친 하산길
난향이 따라오네

난(蘭) · 10

바람에
흔들리는 것이
어찌 난잎 뿐이랴

잎마다
계절이 묻어
마음도 흔들리는 것을

아픔을
다 겪고야
알 수 있는 것은

꽃 피워
보지 않고는
말할 수 없기 때문일까

난(蘭) · 11

가느다란 허리에
천년 신비 감추고
묵묵히 살아온
긴 여정

어머니같이
아픔을 다독여
늘 사랑으로 감싸주는
蘭

난(蘭) · 12

난은 산 속에서
외로움과 고달픔 모르고
늙음의 설움도 없이
늘 푸름으로 사철을 산다

봄이면 부드러운 햇살 쪼이고
여름이면 살랑대는 바람 맞으며
가을이면 알록달록 단풍 구경
겨울이면 포근한 눈이불 덮고
사시사철 살아간다

가끔 사람들이 찾아와
세상 소식 들려주고
지나가는 새들이
숲속 얘기 전해 주니
혼자 있어도 외롭지 않네

세상 돌아가는 모양
다 알면서도

아무렇지도 않은 듯이
오늘도 그렇게
살아간다

난(蘭) · 13

높은 산 여미며
난이 그리워 입산한다

정 나누는 애란인(愛蘭人)들
따뜻한 그리움

종일토록 찾아도
만날 수 없는

홍 · 두 · 소의 꿈
막 내린 하산길

눈 속 헤집고
헤쳐 나올 아지들

언제쯤
만날 수 있을까

난(蘭) · 14

난향은
은밀한 사연
한설풍에 실려와도
따스하다

귀족의 존재라서
서민의 무게로
버티다
꽃을 피운다

난(蘭) · 15

대궁 끝에 매달려
임종이 와도
떠나지 말자
구석진 세상
마르는 난잎들
볼 수만 있어도 행복하다
누구도 소유할 수 없는
난의 유산
구걸은 하지 말자
최후에 꽃 피운 자
깃발을 단다

난(蘭) · 16

아침마다
난과 입 맞추며 눈을 뜬다
난향이 품에 안기며
사랑하는 법을 전한다
절벽 틈 뿌리내리고
깨끗한 미소 뿜어낸다
고급스런 붓 끝으로
그려내는 아름다움
겨울 녹여 봄을 비벼내며
꽃 피우는 봉오리
양팔 벌려 반겨주는 군자
세상 어느 유혹에도 물들지 않은
고귀함 무엇에 비교할까
인생 끝자락
새로운 씨를 심는 난심
임종이 오는 날까지 같이 하리라

난(蘭) · 17

산중 방랑자로
어~언 이십 년 세월
절박함을 짓누를 수 없는
메아리는 산울림이다

삶의 절규를 노래하며
함께한 길동무
어떤 것도 두려움이 없었다

제시해 오는 기대품
그 존재를 따르는 고통은
믿음뿐이었다

간절한 만남으로
풀어가는 하루하루
많은 것을 깨닫게 한다

대가도 없이 주기만하는
난향은 궁핍함을 모른다

푸르름이 피어나는 잎
멀어지는 갈증
하루해가 짧기만 하다

난획

난획 하나를 긋는 것은
법에도 없는 기법이지만
내가 구하고자 할 뿐
누구의 마음을 흡족하게 할 수 없다
춘란은 천작 같으니
그림과 난은 작정하고
그린 것은 아니다
싫어지면 산에다 심어주고
마음이 멀어지면 친한 벗에게
보내거라 고상한 경지에 이르면
다시 분양 받아 오너라
사람이 난을 좋아하듯
난도 사람을 좋아하더라

난향

꽃잎에 내리는
이슬방울은
내 입술에 머금은
술잔처럼 감미롭다

빈방에 홀로 앉아
지새운 아침
꽃망울만 바라보다
하루가 저문다

물안개 불러 모아
난잎에 적셔주면
누웠던 잎들
허리 펴며 일어나네

꿈 속에서
꿈을 꾼다

제**3**부

해야 해야

해야 해야

가난을 줍고 가는
빈곤한 새벽길
가고 또 가면
내가 찍을 방점
어디쯤에 만날까?

세상 길
인생살이
하루하루
내일도 만날 수 있을까?

아침 해야
기다리다 내 안 보이거든
어젯밤에
홀로 떠난 줄 알거라

우리 어디쯤에서 만날까?
내일도 살아 만나자
오늘 밤

날밤으로 널 기다려
내일 아침 네 얼굴
마지막 보고 떠나야겠다

해야
해야
잘 익은
사과 같은 해야

해야
날 보고 웃어주는 해야

우리 내일도
다시
만나자꾸나

새벽종소리

삼경에 우는 종소리는
누구의 눈물입니까

봇물로 터지는 아픔은
어머님 젖가슴에
솟아나는 피눈물입니까

하이얀 함박눈은 까아만 밤 밝히며
추운 밤 미소 띤 얼굴로
몰래
찾아왔을까

반가움에 손 내밀면
모른 척
사라져 버린다

발밑에서 돌고 있는 지구는
아삭아삭 눈 밟는 소리로 적막을 깨고
칼바람은 밤을 휘저으며 춤을 춘다

사악사악 소리
세상과 아침이 하이얗다
오늘밤 삼경에 종소리
또 울리려나?

어디쯤 오고 있을까

나의 임종은 어디쯤 오고 있을까
오늘밤 몇시쯤 오려나
내 잠들거든 깨우지는 말게나
이 생각 저 생각에 새벽창이 흔들린다

세상은 설원
백옥같아 눈이 부셔
산하를 볼 수 없다

겉옷 대강 걸쳐 입고
앞산 마루 오르니
어찌 예까지 왔을 거나

입 꼭 다물고 하늘을 본다
앞뒤가 막혀 동서를 분간할 수 없다
옴짝달싹 못하고 한참을 서 있자니
땅이 보고 싶고 태자리가 그립다

비몽사몽간에 취해 있는 눈 속에

갈피를 못 잡아
덫에 걸린 새처럼 꼼짝없이
인생의 종말을 맞는다

나는 내가 아니올시다
나는 환자입니다

병든 몸으로 성한 사람 흉내나 냈던
세상 덫에 치이어
이승과 저승으로 가고 오는 나는
내가 아니올시다

나를 옮겨갈 북망산은
어디쯤에서 날 기다리고 있을까

비 오는 날 떠난 님

비 오는 날은 그대 오시는 날입니다
비 오지 않는 날은 그대 오지 않는 날입니다
임과 비는 같이 오고 같이 갑니다
내 마음은 비 오는 날로 꽉 차 있습니다

[시작노트] 1967년 가뭄이 많이 들었습니다. 애기엄마는 여수
에서 장사(도부상)를 하고, 나는 목포 토담집에서 시 공부(창
작활동)를 할 때였습니다.

어찌 할 거나

어쩔 거나 어쩔 거나
임 없는 세상
하늘도 울고
땅도 울고
임은 날 보고
이대로 살아있어 고맙다 하네

안개는 바람 타고
산으로 가는데
나는 무엇 타고 임에게로 갈까
내 혼 구름 되어 임 찾아가네

하산길

지금껏 너무 오래 살아왔다
내일 없는 오늘이 짧은 시 한 편 같다

글을 쓰고파 산에 왔으나
구멍난 등산화에 개구리만
뛰어들고 더듬는 하산길
발을 헛디뎌 몸은 쓰러지고 자빠져
찢어진 상처뿐이다

어둠과 격투를 하며 서둘러 둥지 찾는 밤
아름드리 소나무 사이로
반딧불 같은 불빛들 나를 반긴다
가족들 기다림에 태엽처럼 가슴이 조여든다

전생의 여인 · I

오늘 밤도 여인을 만났습니다
논밭 이랑에서 토삼을 잡고
산에서는 고사리 취나물 바구니 가득 꺾으며
사랑 노래 부르고
행복이란 이런 거라며
얼싸안고 춤을 추었습니다
밤마다 오는 임은 곱디 고왔습니다
그러나 날이 새면 가시어 빛으로 남아 있었습니다
어젯밤에 오신 것처럼 오늘밤에도 오시옵소서
이 생애에 밤마다
그대 기다리는 것이 유일한 희망입니다
어제가 오늘 같고
내일이 오늘 같았으면 좋겠습니다
님아 밤마다 오시는 님아
날 떠나시면 어찌하리오
날 두고 가시면 나 어찌 서러워 살으리오
전생의 여인아
언제 어디서 다시 만날까?

병상일기

누구를 위해 새벽종은 울리는가
어둠을 붙잡고 아침을 기다리는 종소리

아침부터 몸이 너무 아파 병원에 갔다
치료비가 수십만 원 넘게 나왔다며
파아란 종잇조각이 나를 부른다

삼 년여 동안 1억 넘게 쩐이 깨졌다
희망은 절망이고 쾌유는 남의 말이 되었다

이제 병원은 그만 가고 그 돈과 아픔
고통 견디는 정신력을 남을 위해 써야겠다
글을 쓰는 동안도 허리가 빠지고
고목처럼 쓰러지려 한다

어제는 오늘 같고 오늘은 내일 같건만
하루가 무사하면 다행이다

고독한 하루가 밤에 오는 것은

내일로 가기 위한 오늘일까
고독사는 자유의 선택
내 살아서 그대 곁에 가야지
그대 곁에 가야지

조용히 오라

영광스럽게 떠나가도
죄스럽게 떠나가도
임종은 한 번뿐이다
떠난 후 흔적
뉘 가슴에 어떻게 남아 있을까
허전할까 아쉬울까
그곳에도
바람이 불고 비가 올까
그리고 별들이 있을까
세월이 지나가기만 기다리는 그 날
오늘 밤 자정에 와도
기억할 뉘 있을까

한강

갈바람에 배질하며
술 가득 사랑 가득 싣고 어기 여차 가노라면
해는 서쪽 하늘 붉게 물들이고
나는 임을 보고 임은 나를 보는데
돛대 끝에 물가마구 앉아 황혼 노래 부른다

어제는 웃옷 벗어 머리에 이고
헤엄쳐 강을 건넜건만
오늘은 목선 빌어 타고
임과 같이 뱃놀이하며 강을 건너네

고향 쪽에서 불어오는 바람아
부모 형제 잘들 계시느냐
마음은 남으로 가는데
배는 한강을 가로질러 동에서 서로 가네

임 실은 배야
너만 가지 말고 나도 같이 가자꾸나
술향기 뱃전에 춤을 추고
님은 날 보며 웃음 짓고 사랑 노래 부르네

전생의 여인 · II

- 꿈 속에서

오늘밤에는 논밭 물꼬를 치고
너랑 나랑 두 손 꼬옥 잡고
하늘 땅 다 변해도
우리는 같이 살고 같이 가자

너는 날 보고 나는 널 보고
보고만 살아도 행복하다

깊은 산 대성산 오성산…
산마다 너는 찾아왔었다
너를 못 보는 밤은 없었다

오늘도 오고 내일도 오고… 오고 또 오고 보고 보고 또 봐
도 그립기만 한 사람아, 어쩔거나 나는 너를 어쩔거나 아름
드리 가슴 열고 달려가 만나고 싶구나! 오늘 아침 해는 동
에서 서로 가고 오늘 밤 달은 동에서 서로 가도 임은 내 품
에서 잠을 잔다 오늘이 가도 다음날도 오고 또 오시옵소서

앞으로
다른 세상 찾아가
천 년 만 년 살자꾸나

세상은 잠들고

세상이 잠들어 밤은 고요한데
나만 깨어나 웅성웅성 소리를 듣는다
내가 죽었다는 것이다
119 차는 나를 싣고 삐빠 삐빠 소리를 지르며
밤거리를 휘젓고 내달린다
아침을 깨워 사람들이 모여들고
나는 어느 화장터 화덕불 앞에서 하직인사를 한다
나는 아직 살아있는데 화장터로 온 것이다
화덕에 불은 활활 타고
이승과 마지막 인사를 하려는 것이다
화덕 안에서 총소리처럼 쌩쌩이는 소리와
뻥뻥 포소리가 들려와
나를 더욱 놀라게 한다
나는 어차피 있는 힘을 다해 소리를 치며 발로 관을 찼다
"나 살아 있소."
"나 여기 살아 있소."
목이 터져라고 소리를 질렀다
그 순간 밖에서 소리가 들린다
"여기 살아 있다" 하는 소리와 동시에

관 뚜껑이 열리고 나는 밖으로 나왔다
인생사 1막 3장이다
나는 살아 있다
세상 우주만물이 나를 위해
존재하고 지구는 나를 위해 돌고 있었다
인간은 살 만한 동물이다
인생 4장이 날 기다리고 있다

하루는 멀고 길드라

깨끗한 하루는 참으로 길드라
겨울의 하루는 더욱 길드라
따뜻한 물에 손발 담그고
햇볕 잘 드는 양지쪽
울타리 밑에 앉아
해지도록 반나절 이상
앉아서 저녁시간을 기다린다
이끼 낀 바위틈에 흐르는 물보다
맑고 시원한 우물이 손발을 기다린다
여름산 개인 구름같이
하루는 멀드라
맑고 시원하드라
깨끗한 하루는 길고
멀고 멀드라
하루가 너무 힘들고
하루하루가 느리게 가노라면
내일이 너무 멀어 내 임종시까지는
갈 수 없을까

꽃다운 꽃

꽃다운 꽃은
사람이 사람다운
까닭이어야만 사람이다
서리를 업신여긴 꽃으로
피어낼 꽃은 꽃다운 꽃
사람다운 사람이 머물게
하는 것은 만설에 높고 늦은
절기에 구경꾼들도 너그럽다
반쯤 누렸다가
우연히 붓을 시험했으나
모양이 닮음을 깨닫지
못하네 한 획이 적은 것은
만 획이 많은 것은
그림과 글씨가 늘 말한 것이지
알지 못한 사람에게는 불가하다
사람과 꽃은 지고 피고
피고 지고
꽃과 사람은 닮았다

밤길 가는 나그네

해는 저녁노을 속으로 숨고 깜깜한 밤
갈 곳 없는 나그네 오고갈 데 없네
어둠을 앞세운 이름 모를 마을

서성이는 불빛
골목 안 자욱한 연기 속
온기 찾아 굴뚝을 안고 돈다

불빛 없는 마을
개 짖는 소리만 밤길 가는 나를 반긴다
밤손님으로 잘못 본 것인지
동네가 시끄럽다
사람들은 평상시보다 웅성웅성 겁을 주고
밤손님 취급을 한다

내 하룻밤 노숙할 곳은 어디일까
해 맑은 해를 내일 아침에도 볼 수 있을까
하늘 땅 다 가짐보다
오늘 하루살이 어디에도 갈 곳 없어

어둠에 싸여있는 산 밑에
그림자만 남아있는 고요한 방풍 집 굴뚝이
여인의 버선코처럼 밤을 지킨다

사람이라고는 그림자도 없이 고요하다
하루살이 집시인생
밤길 가는 나그네
온기 없는 굴뚝 안고 잠을 청한다
그리움과 보고픔에 가득한 날 보내며
또 밤을 기다리는 객지손
어디로 가도 푸대접이다

해

하루 해를 그렇게 보내고
무사하면 다행이다

오늘 아침
붉은 노을 걷어내고
벌겋게 떠오른
해야
해야

미소 짓는 해는
나를 보고
만나서 반갑다며
살아있어 고맙다고
바쁜 걸음으로 떠오른다

아침 해는
동에서 서로 가는데
달마는 왜 동쪽으로 가려 하나

해야
해야
밝은 해야

해야
날 보고 웃어 주는 해야
우리 내일도
다시 만나자꾸나

구멍난 하루

지금껏 남을 위해 베푼 적 있는가
밤새워 내린 눈 소복소복 쌓여있다
나는 차마 쌓인 눈 밟을 수 없어 돌아가고 돌아온다

어둠이 내린 장(場)가를 서성이며
미안한 생각으로 파장 끝 국밥집에서
헐렁한 저녁 얻어먹고 어둠 속 밤길 떠나야 한다

오늘 하루 어디로 가야 밤을 새울까
저렇게 많은 집들 다 소유자가 있을까
구멍 난 하늘 지붕 구멍으로
크고 작은 별들 손짓하며 웃고 있다

내 갈 곳 없어 가도 못하고
신호등 없는 삼거리에 홀로 서서 갈 곳을 생각한다
차들 불빛 열지어 힘 없는 날 위협하고
도망치듯 가고 온다

갑자기 쏟아지는 소낙비는 누구의 눈물인가

굶주린 집시의
쪼르르 쪼르르 소리
빗속에서 어둠을 울리는데

내 갈 곳은
어디일까

환상

영글어가던 한 생은
삶의 의미를 잃고
찢겨진 돛을 달고
한 맺힌 바다로 떠나가네
방향 잃은 범선은
급류에 표류하며
죽음의 생각들이
꿈속에서 이글대면
미지의 세상으로
한 방울 눈물까지
태풍이 몰고 가네
짧은 만남은
재앙으로 다가와
덫에 걸린 새처럼
구원의 소리만
갯바람에 울고
바다는 입을 열고
어서 오라 손짓하네

사람들

사람이 사람을 만나
안 되는 일도 되게 하고
될 일도 안 되게 한다
보고픈 사람이지만
사람 때문에 만날 수가 없다
만남과 이별도
다 사람들 몫이다
사람들이 그리워진다
사랑이란 단어 밑에
밑줄 긋고 어떤 표 찍으랴
사람을 앎으로
사람이 되고 안 되기도 한다
오가는 네거리에
이정표 같을 수는 없을까
사람은 사람들 때문에
고통스럽다

죽은 듯 살아 있다

죽은 듯 살아 있고
산 듯 죽어 있다
빈 집 문 틈으로
바람 새듯 숨소리만 들린다
따뜻한 한 시대를
사나운 부리로 쪼아뜨린
운명과 얽히어
세상 밖으로 사라진다
자고 나면 울먹이는 노래에 밀려
숨 거둘 깃발만 펄럭인다
실오라기라도 잡고 싶은
쫓기는 마음은
죽음의 순간에
간절해지는 것일까
깨달음은 뒤늦게 오는 것
체험하지 못한
많은 것들을 훔쳐 보며
자리잡지 못한 이승살이
그대 곁만 맴을 돈다

제**4**부

세상도 몸도
다 헐려 있더라

걸어서 천당 가자

한가롭고 조용한 해질 무렵
소 몰고 들어오는 소리 구름 위에
들린다 무거운 몸 둘 곳 없어
소를 타고 그 마음 의심 없어
숲에서 나오더라
날은 따뜻하고
그 마음 의심 없어 소리를 지르며
바람은 온화하여
휘파람 소리 하나 떨치니
한 번 떨군 곳에 감히
앞으로 나가지 못하드라
몸으로 소리를 지르며
내가 본래 마음의 꽃 드리며
걸어서 걸어서 천당을
갈까 말까 하여라
지구촌에 살다가 천당에 다시 가자
내가 본디 어디서 왔을까

두 뺨이 붉으리

꽃은 나팔꽃 같은데
눈에 비쳐 빛나고

열매는 붉은 구슬과 같은데
입에 맞아 향기롭다

별채에 멍석은 깊고 맑다
그 가운데 행복이

능히 말하는 새는 색이 같지
않아서 그 뜻을 동릉에게

물오르니 천홍에 비쳤다고
하더라 가고 오더라

복사꽃 미인인 양
뺨이 붉더라

꽃 속에서 꽃이 핀다

꽃 속에서 들리는 소리는
웃음 소리일까 우는 소리일까
나비와 벌들은 그 소리를
들으며 무슨 생각을 할까
아무리 물어보고 또 물어봐도
벌들은 그냥 날아가 버린다
나비에게 물어봐도 나비는
무늬빛 날개를 흔들며
나비도 그냥 가버린다
꽃 속에 피어 있는 꽃은
무슨 생각으로 하루 종일토록
지는 꽃잎을 보고만 있을까
묻는 이 있거든 사실대로
붓끝 가는 대로 대답하여 주게나
꽃 속에서 피어 있는 꽃도
꽃이 되고 대답 대신 미소만 짓네

까마귀 앉아 운다

벽 옆에 기대어 독서를 하니
한기가 뼈에 사무친다

문을 열어보니 찬 서리가
가난까지 쌓여 있다

눈 앞산에는 북풍이 적설을
휘날리고 석양빛이 쓸쓸한

마을로 담담히 비추고 있어야
산 오솔길 노목에

까마귀 앉아 있고
인가가 보이는 곳에
다리가 계곡에 걸쳐 있다

세상도 몸도 다 헐려 있더라

한세상 믿고 사는
님의 마음입니다
그 마음 그대로
하늘에서 내려온 님의 마음입니다
물욕을 탐내지 않는 인간들
해롭게 하지 않는 사람아
산하를 벗 삼아 한가롭게
살고 싶어 하는 님아
전신을 가다듬고 세월을 씹으면서
재물의 공을 세우신 사람아
피붙이들 보호하려고
전신이 헐려 있는 님아
지금은 한가로이 살고 싶어 하시는 님아
급한 마음 앞세우고 님마중을 나왔으나
만나기 어려워
쫓기듯이 돌아왔다
한밤중이 되어서야 귀가한 사람은
잠시도 한가함 없이 온몸 헐려 있드라

달고 신 두 맛

아침 이슬도 찬데
일찍 피었구나
가득 가득 따뜻한 봄날

곱게 곱게 피었구나
달고도 신맛 어느 때
서리 오면 바람 높은 줄 모르고

씨는 수정을 쌓아 서리서리
온 뒤에 익어 껍질은
눈 가운데서 빛난다

오월의 석류꽃이
아들을 맞으니 달고 신
두 맛이 곱게도 익는다

이사 가는 것은 버리는 문화이다

오늘도 누군가는 이사를 가고 온다
요즈음 이사는 버리고 가는 건지
두고 가는 건지 반쯤은 쓰레기장에
쌓아두고 미련 없이 오고 간다
꼭 필요한 것이 아니면 인사도 없이 이별이다
언제부터 우리가 그리 잘 살았다고
살림살이 하나 생활용품 같은 것은
시시하게 알고 버리는 것을 멋으로 아는 건지
하나의 문화로 아는 것인지
이해하기보다는 용서하기도 어렵다
나는 생활용품을 거의 사서 본 적이 없다
아침 일찍 쓰레기장에 가면
한 번도 안 쓴 새것이 버려져 있다
어찌 생각하면 부끄럽고 죄스럽기도 하고 또
어찌 생각하면 우리가 너무 잘 사는 것 같아
버리는 문화가 발전한 것이 아닌가 싶다
버리는 것이 아니라 두고 가는 것일까
이것도 하나의 문화로 자리매김할 것 같다

앞서가는 소나무야

드문드문한 빗방울이
오동잎에 떨어지니
복숭아 자두꽃이 아름다움을
경쟁한다

버들은 그늘져서 장막을 이루고
산 위에 소나무는 푸른 빛을
띠우고 시원한 비가 내려도
걸어가는 길손 둥지 없는 나그네

늙지 않고 긴 봄자락
솔은 아무리 추워도 고치지 않는다
사계절 푸르러 변함없는 마음
늙지 않는 소나무는
천년을 앞서 간다

과거는 꼬리표이다

현실과 과거 사이에서 몸부림쳐
보지만 과거라는 꼬리표가
어디를 가든 따라 다닌다
과거는 과거대로 힘들고 고달프겠지만
현실은 현실대로 아무리 이해하고
용서하려 해도 날이 갈수록
괴롭혀 오는 과거 한해 더 가면
조금 나아지겠지 하며
대천 한 바다만큼이나 넓은
마음으로 하루하루를 살아가지만
가면 갈수록 더 힘들다 모든 방법을
동원해 노력하고 애써 보지만
첩첩산중이다 과거 없는 사람이
어디 있으랴만 고래심줄 만큼이나
질긴 것이 과거가 아닌가 싶다
지금부터라도 과거는 과거대로
현실은 현실대로 각각 따로 따로
독립하여야 서로가 머언
앞날에 발전이 있을 것 같다

밤배질

서로 서로 머얼리 가깝게
자기의 흔적을 남기며
변화의 목소리로 힘을 주고

백조가 목욕을 하며
봄날을 맞이한다
마음은 낙엽과 같아

천 갈래 만 갈래로 흩트리고
몸은 강변 갈매기들과
끌어안고 잠이 든다

밤바람을 쐬고 걸어가며
나무들은 더 크게 보인다
굽은 입부리로

숲을 숨 쉬며 새는 배가 되고
배는 새가 되어
밤배길 조심스럽다

혼자 간 산행

호올로 간 산행길 북풍에
적설이 휘날린다 집에서
의자에 앉아 책만 보다
직접 산에 와 보니 집에서 한
생각과는 달라도 너무 다르다
추위가 뼈 속까지 스며든다
하늘이 어둠침침해지는 것을 보니
한바탕 눈이 쏟아질 것 같다
가까이에 백사장이 있어
철썩철썩 파도소리가
눈 내리는 허공을 바라본다
떼 지어 날으는 갈매기들
누굴 찾는 것일까
목청껏 소리 내며 운다
인가도 없는 산 속이라
집 있는 쪽으로 향해
걸음을 바삐 옮긴다
빈 가방 속에서 내일 다시 오자는
소리가 가방 가득하다

하이얀 철선

물 위에 떠있는 새는
물새일까 바닷새일까
머얼리 떠가는
그림자 같은 배는
철선일까 목선일까
움직이지 않는 것 같으나
머얼리 자기 그림자를
비우고 옮겨 온다
맑고 건강을 한숨에
가깝게 멀리 가 버리는
긴 물체는
누구의 명령으로 가는 건가
모래성 위에 하이얀 갈매기처럼
색칠하지 않아도
짙은 흰색에 반사되어
눈을 뗄 수가 없다

기러기야 같이 가자

새야 새야 님 부르는 새야
앞산이 울려 더욱
맑게 들리네
해지도록 불러보고
찾아봐도 힘 빠진 말이 되어
북풍에 몸을 맡긴다
소 몰고 가는 목동 노래 소리
구름에 실려 가네
하늘가에 먹구름
모이고 모여
기러기 떼 가지런히
날으며 남으로 남으로 가자
오너라 날 수가 있다면
남으로 오너라 같이 살자
같이 날자구나
새야 새야

쉴 새 없이 우는 새들

물오리 부부가
만리 물결을 논갈이한다
백로가 초가을에 날며
사마귀가 메뚜기를
덮치려고 정신이 팔려 있다
저녁나절이면 높은 곳에서
매미가 운다
가을 매미 소리가 약한 것은
쓰르라미는 여름 동안만
살기 때문에 봄가을을
알지 못한다
풀빛은 우거지고
맑은 초가에 온종일
쉴 새 없이 매미만
우는구나

미안한 생각

미안합니다 미안합니다
세상아 사회야 미안하다
하늘아 구름아 안개야
비바람아 무엇인가는
모르지만 너무너무 미안하다
바다야 바다 속 모든
생명들 우주만물들에게도
미안하다
님아 미안한 님아
어떻게 용서를 빌어야
미안이 가실까
철모르고 서있는 나무야
논밭 들녘에도 미안뿐이다
이유는 모르지만
미안함만 첩첩이 쌓여가고
님아 어떻게 빌어야
미안이 가실까 미안은
미안으로 끝날 수 없다

연꽃 향기

연꽃 향기 적은 곳에
배를 띄우고
물 가운데 바람은
잔잔하고 부드럽구나
향기만 가득한 밤하늘
고기떼 노니는 곳에
푸른 잎만 흔들린다
하늘을 가까이에서 보려고
높이 뛰는 잉어 떼들
오늘도 밤만 오고
님은 오시지 않네

꽃잎 속에 흐르는 봄비

바람소리에 밤의 정적을 깨고
떨리는 나뭇가지들 안타깝다
새싹이 돋아나는 키 큰 나뭇가지들
움츠러들며 추위를 견디어낸다
봄에 핀 꽃들 향기롭고
물 위에 비친 하늘빛
어지럽구나 남풍이 불어와
좀 더 가까이 비가 내려
저절로 새들이 지저귄다
앞 다투어 피어나는 봄의 향연
햇빛 받아 따뜻하고
떨어지는 꽃잎 속에
벌 나비 숨어들고
흐렸다가 개인 날씨
초록빛 물들였네

사라져 가는 계절

창밖에 내리는 비는
밤을 새워 온다

난잎에 내리는 비는
소리가 크지 않고

조용히 낭만을 적신다
밤을 새워 소소히

난잎 끝에 비는 오고 와도
님은 오시지 않고

깊어가는 가을비는
계절 사이로 사라져 간다

아들아 · 3

구름 가르며
비행하는 아들아
눈을 감으면
너의 등에 업혀 날고
눈을 뜨면
너의 뒷모습만 보인다
일산 신도시 호수공원
분수대 날 보고 손짓하며
한강 물굽이 돌아 몰려오고
강나루 철새들 김포 상공
힘차게 비상하여도
내 시야에는
아들의 장한 모습뿐이다
저만치 서 있는 통일전망대
북쪽을 주시하는 자태 늠름하여도
내 아들만은 못하다
바람은 등 뒤에서
축하의 박수로
힘든 날들 달래준다

지금 이대로 심장이 멈춘다 해도
행복하게 잠들 것만 같다
졸고 있는 63빌딩
손 안에 꼭 쥐어 성냥갑으로 접고
한강물 술로 빚어
주병에 담아
긴 여행 떠나고 싶다
아들아
장한 아들아
너로 인하여
온 세상이 달라 보인다

*2002. 5. 8. 항공대학교 어버이날 행사장에서

버림의 미학

가을비는
계절 멈추게 하는 힘을 품고 왔을까
푸른 잎 사이로
여름을 걷어가네
비 맞은 낙엽들
토담 밑 수북이 쌓여
뒤돌아보는 동공
다음해
어떤 모습으로 바뀌어 다시 올까
겨울은 계절 저장할 공간일까
산하에 갇혀
몸부림치는 착각의 환상
죽음으로 살아올 낙엽들
세월에 묻어 있는 표면을 닦으며
겨울 준비 해 왔을까
대가 없이 오지 않은
자연의 힘
값을 치르고야 물드는 단풍은
새롭게 오는
버림의 미학일까

제 **5** 부

벌주 한 잔
더하고 가소

행상 나간 내 님아

봉화산 길손아 인생찬가
가냘프다 즐거운 일 없고 많아
하늘이 헤아리네
술잔 무늬 위에 앉아 있는 잔을 들고
꽃병 펴고 나를 읊어 보자
어찌 시를 짓고 어찌 술만 마시는가
나는 누구며 물어봐도 모르느냐
쫓을 것을 즐거워 어진 사람 없더라
벼슬 없이 초야에 묻혀 임금인 양
걱정일세 앞강물 잔잔코야
뒷강물 따라 올라
해야 별아 빛을 숨기고
모습을 감추며 행상 나간
우리 님 길조심하소무나
저녁이 되어서야 애처롭게
내 님이 오셨네 수고롭다 말하자니
못난 내 모습 여간 부끄럽소이다

벌주 한 잔 더하고 가소

남쪽을 바라보면 비는 막 개였건만
산은 컴컴하고 달 아래 배 띄워
내 집에 무엇 있으리 봄꽃만이
피어 있으나 삼일을 자고 나도
슬픈 정만 남더라 봄 소리 들리더라
넥타이로 목을 매여 가자 어서 가자
긴 한숨소리 그림자만
멀어지더라 절정에 다다라
돌아갈 것을 생각하니 은하수도
기울었네 긴 한숨소리
달빛만 잔을 주고받으며
장차 멀어지더라 가고 없더라
서남에 은하수 모이고 모여
산과 나를 잊겠더라
나를 읊조리며 술 한 잔 들고
벌주 한 잔 더하고 가소무나

황혼 나그네

초야에 묻혀도 그대 향한 마음뿐이네
나가 있어도 님을 쫓는 기쁨이네
사람 따라 기쁨이 슬픔이요
슬픔이 기쁨일 수 있겠지만
일상의 아픔 때문에
기쁨을 모르고 살아왔다
어둡고 찬바람 불어 닥쳐도
허공을 건너가는 구름 속에
달같이 힘없는 나그네
길은 멀어도 멀어도 너무 멀다
날이 밝아지기를 기다리며
내일 모레면 화창한 봄날
눈부시게 볼거리가 펼쳐지겠지만
오늘은 온통 붉은 빛 뒤덮인
늦은 가을이 두고 간 견디기 힘든
굴뚝에 목멘 연기처럼
아름다운 것은 푸르름이 있기 때문이다

새의 눈물

보기 좋은 난 빛깔 좋은 향이여
한시름 잊게 하는 대폿잔에
난 그림자 떠있네
한 잎 한 잎 띄워 한세상 버린 정을
더 멀리 보내요
홀로 핀 매화는 파리한 것을
탄식하며 작은 다리를 지나가네
해지는 벌판에 들리는 피리소리
산모롱이 돌고 돌아 돌아가네
새가 울어지는 꽃잎
깊어가는 봄내음
시 한 수 읊조리며 바람 앞에
새소리 들리네
비온 뒤 꽃내음 더하고
구름 감도는 계곡 꽃은
문 열고 들어오고 새의 울음
눈물을 본 적이 없다

속빈 나무야

속은 비고 마디는 곧느냐
군자의 곧은 절조 맑은 바람이
대나무 숲을 흔드는가
고요한 산중에 푸른 대잎
오늘밤 달빛이 밝아
군자의 마음
붓잡고 하늘 본다
봄이 쓸쓸히 바람만
숲에 가득하고 작은 바람에도
잎을 둘러싸고
빈 마음을 잡아 푸른 잎을
움직인다 나무야
어이하여 속은 비고
마디는 곧느냐

초가집

초가를 감싸고 있는
배나무들 의미 좋은 일일까
가지마다 새싹이 돋아난다
겨울의 적막을 지고
이화잎 피는 꽃잎 속에
벌 나비 찾아든다
문 밖 넘어 새 우는 소리
복숭화꽃 피어나고
햇살 잘 받는
따뜻한 남쪽 가지들
앞 다투어 피어 있고
제비들은 저절로 지저귄다
무성한 오솔길 구부러진 산 아래
저녁 짓는 굴뚝연기
봄 부르는 손짓하네
초가집 감싸고 구름 가는
하늘 맑은 바람 가득하다

푸른 겨울

날은 따뜻하고
바람은 온화하다
내가 부는 휘파람 소리에
숲속에서 나와 달리는 산짐승들
일렬로 깊은 산속으로 가고 없드라 숨고 없드라
갑자기 날씨는 하루아침에
변해 금년에 처음 보는
흰 눈이 온 산하가 하이얗다
변덕인가 마지막 몸부림인가
겨울은 왔다 가신 지 오래이다
느닷없이 기습 추위가
밤사이에 산과 강을 깡깡
냉동 공장으로 변해 있다
알 수 없는 겨우살이
날씨는 본래 푸른 겨울이었을까

나를 시험해 본 붓끝

우연히 붓을 잡고
나를 시험해 본다
글씨 모양은 누굴 닮았을까
깨닫지 못한 붓끝에 있다
안에서 나를 그리는 모양이
누구를 닮았을까
짝 없는 외로움만 업신여긴
늦은 계절에 눈바람이 매섭구나
세상에 버림받은 사람처럼
홀로 깊은 산을 오르고 있는 사람
비바람을 몸으로 막으며 버티어간다
비 개인 뒤 다시 와 보고
아무리 추워도 쇠하지 않는
그날 기다리며 오늘도 하루가 간다
우연히 잡은 붓은 나를
시험해 본다

감사합니다

감사합니다 누구인가는 몰라도
진심으로 감사합니다
오늘은 귀한 눈이 와서
산하는 설백 세상 맹사댕기로
나뒹굴고 싶다 어젯밤
잠에서 깨어나게 해 주셔서
감사 감사합니다
덕 없는 나에게 하루하루
안부를 물어주는 지인들께
감사 감사합니다
하늘아 눈비야 안개야 구름아
갔다가 다시 오는 것에 대하여
감사 감사합니다
주야로 흐르는 물 높은 산
크고 작은 나무야
야산 능선에 홀로 핀 이름 모를
잡초들에게도 감사 감사합니다
나를 모르는 모든 분들께도
감사 감사드립니다

달그림자

보랏빛 꽃색이 만발하니
봄이 한창입니다
사방에서 부는 바람
향기로운 꽃내음
온 집안이 평화스럽습니다
천하가 축하롭고 태평입니다
꽃바람 타고 불어오는
봄의 경치여
앞산을 바라보니 초록빛 흐르고
정원 안에는 향기가 감도는
달그림자 서성이고
잎이 많으니 녹음도 짙으다

거리는 빛의 축제

오늘도 밤은 왔다
어젯밤하고는 달라도 너무 다르다
하늘에 별자리도 다르고
어젯밤에 있었던 구름도
오늘밤엔 없다 어젯밤에 불던 바람
다 어디로 가고 고요하고 조용할까
밤거리는 평화스럽고 행복해 보인다
거리마다 오고 가는 행인들
옷차림은 다들 연예인 같다
상가가 더 밝은 것은 화려한
옷차림에서 반사된 불빛 때문일까
윤기 흐르는 얼굴
평화스럽고 행복해 보이는 것은
그림자 없는 밤 불빛 때문일까
여인들의 옷차림 참으로
행복해 보인다 흠 많은 과거도
저 불빛 속에 묻어두고
가자 같이 가자
불빛의 축복을 받으며
떠나가자

내 나이 몇 개일까

세상에 기대어
세월을 보니 내 나이
몇 개 먹은 것은 순간이드라
뼈만 남은 내 존재는
석양빛이 구름을 싸고
허공에 떠가는 새들 노래하드라
껌껌해지는 하늘을 보니
무엇이 와도 올 것 같다
오도 않고 가버린 금년 겨울은
쓸쓸히 들려오는 인간들 소리는
푸른 소나무 잎은
노거수 가지마다 달려 있네
비바람 헤치고 뛰어나는
네발짐승들
굶어죽지는 않겠네

하늘에도 정치싸움이 있을까

모든 작물에는 비가 절대다
물이 없이는 아무것도 할 수가 없다
하늘만 쳐다보고 원망도 해 보고
기도도 해 보지만 꿈적도 하지 않는
하늘이 야속타 못해 미워지기도 했다
그러나 요즈음 하늘은 좀 다르다
지구촌에 모든 작물이 그때그때
필요한 만큼 비를 내려 보내준다
하늘나라에서도 민주화가 정착되어
우주를 다스리는 것 같다
고맙고 감사하고 큰절을 몇 번이고
하고 싶다 그러나 요즈음 와서 보면
하늘나라에도 정치싸움이 있는 것 같다
그것은 아무래도 지구인들이
싸우며 발전되어 가는 신정치
문화를 흉내 내는 것이 아닌가 싶다
꼭 필요할 때는 비를 줄까 말까
아이들 장난하듯 하고 있다
막상 필요치 않을 때는 인심 쓰듯 퍼주고

꼭 필요할 때는 줄까 말까 줄다리기를 한다
지금이 어느 때이라고 그러시는 것입니까
오늘부터라도 서로 의로운 정치를 합시다
하늘과 땅에서

새야 새야 울지 마라

앞으로는 갈 수 없어
뒤로 뒤로 물려난다
원하지 않는 삶이란 여간 여간
힘들겠지만 산과 들녘 어디에도
앞으로는 갈 수가 없네
푸른 바다 바다 앞 확 터져 있는
바다로 바다로 떠나고 떠나도
괜찮을 것 같다
이 또한 문제가 분명하다
각종 자격증 없어도 너무 없다
바다로 갈 수 없는 그곳이 무섭고 무겁다
머리만 빙빙 돌 뿐 갈 수 있는 곳은
육로뿐이다 새야 새야 같이 가자
달아달아 나랑 가자 나 같은 물건
지도상 어디에도 버릴 곳 없다더냐
새야 새야 바닷새야
어느 세월에 떠날 거야
어느 계절에 올 것이야
하늘길 길 따라 가자

살고 죽고 하루살이

산들바람에 꽃잎은 떨어지고
깊은 산 새들만 분주하게 날아든다
새소리에 구름이 감도는데
창 넘어 들려오는 꽃피고 새들 노래한다
산꽃은 사람을 맞아 웃는데
새들은 사람을 피하여 운다
고래가 크다 한들 바닷물 다 못 마실랴
지쳐버린 발길 석양빛만
저물고 외로운 구름은 홀연히 무색하고
사람 얼굴은 돌고 돌아간다
노루 사슴 벗을 삼아 한가로이 살아갈까
개구리가 울다가 푸른 풀잎에서
잠을 잔다
조개의 배속에서 푸른 옥을 감추고
작아졌다 커졌다 달과 더불어
감추고 있다가 진주를 감추었느냐
봄여름에 하루살이 살고 죽는다

난그림으로 소문난 사람 없더라

지초가 촌가에 있는 집에
군자가 산다 봄 아지랑이
미인의 마음을 본다
봄바람 불어 불어 손 가는 데로
꺾고자 하나 얻지 못하는구나
난을 그리기가 가장 어려우니
매화 국화 산으로 가네
옛부터 난을 잘 그리는 사람은 많지만
특히 소문난 사람은 없더라
난서법에서 온 것이니
글씨에 능하지 못한 사람으로
난그림만은 소문난 사람들이
없더라
동과 서로 바람이 불어
남북 찾기가 어렵더라
대나무 속 맑은 바람
빈 마음으로 돌을 벗는다

손이 저리게 부드럽다

봄바람은 상쾌하며
손이 저리게 부드럽다
넓은 강은 계속된
녹색의 짙은 산들 깊은
계곡에는 꽃이 없어도
아름답다
낡은 세월은 가고
새로운 것들이 피고 지고
새롭게 오고 가는 것은
그치지 않는 새로운
심안을 씻고 현상 깊은
내면에 있는 것은
눈에 보이지 않으나
그것은 우리의 생명과
자연이 주는 것을 따르지 말고
보이는 것을 마음껏
즐기자구나 그것이
자연의 승자일 것이다

아침 해는 다시 뜨더라

그림에 나타나는 것이 해설일까
표면의 내면보다는 문자로 남고 싶다
서화는 물론이고 미를 지키는 것은
시문이 열리는 것이 아니라
서양화에 일여 답은 없더라
동트면 논밭으로 끝없는 호미질
늘 푸른 잡초만 호미 끝을 휘어든다
같은 글자를 옮겨오고 같은 잡초를 파도
파도 돌아서면 거기가 거기더라
지형을 다르게 두덩을 높이고 이랑을 덮으랴
우리가 그린 그림은 최초로
고인이 말하기를 그것은 원류를 찾지 않고
그냥 그냥 갔느냐 하더라
찾아서 생각하고 생각해 배우는 것은
들어가서 보면 내가 왔더이다
써본 글 또 써보고 가본 길 또 가 봐도
아침 해는 다시 뜨더라

자연의 함성

시는
시들지 않는 정신일까
삶의 가치는 시가 있기 때문일까
피어나는 꽃들도
시가 주는 사랑의 터치일까
가슴에 쌓이는 계절도 시일까
몸에 붙어 있지만
한 사람의 개인사도 역사인 것은
시가 있기 때문일까
유년의 기억이 평생 갈 줄이야
자연이 주는 미소는
문장의 목소리
술 취한 그림자 잡아주는
시어들은 품안에 졸고
짓지 않고 노래하지 않을 뿐
꽃향기에 도취되어
구름이 멎는 곳
사람들은 다 시인이다

자원서

– 저승

알몸으로 맞이한 세상
오늘도 무사해 다행이다
그냥 그냥 지난 하루
오늘과 내일의 교차점에
호올로 서 있는 이별의 그림자
이젠 자원서를 써야겠다
아직은 순서가 남았겠지만
꼭 한 번 가 보고 싶다
그곳은 어떤 문자와
어떤 지폐를 쓸까
신이 하락하지 않는다면 반란이라도 해
이승과 저승을 통합하여
새로운 세상을 건설해야지
자고 나면 사건들 급경사의 삶
생이란 단어가 희미한 현실 앞에
이승의 끈을 쉽게 놓을 수는 없겠지만
아직도 쓰지 못한 자원서엔
얼룩진 눈물 자국뿐이다
언젠가는 가야 할……
그곳도 사람들 사는 세상이겠지

제**6**부

가는 세월
붙잡지 못한 것은

가을 산

흰 구름 붉게 타는
가을 산 단풍
산길 가는 가을 나그네
시냇물이 가을빛을
띄우며 저녁볕이 벌들이
눈 오는 연못에 갈매기떼
모여 들어 산 속 정자에도
가을이 돌아왔네
국화가 만발하면
어두웠던 집안이 밝아
끝없이 맑고 깨끗하다
추풍 명월이 쓸쓸하여
풍경을 잡는다 옆에
백운이 솟아 있고 푸른 산
맑은 물 홍엽의 그림자

잠일까 꿈일까

봄은 꽃향기에 취해
눈을 떠도 금방 감기고
눈을 떠도 속눈썹은 감겨 있다
가물가물 붓끝이 보이지 않는다
갈 곳 잃은 방향을 찾을 길 없어
잠에서 깨어나도
눈은 잠겨 있다 잠도 힘으로
자는 것일까 힘없이 지친
잠의 무덤 탈출구가 없다
원하는 방향에서
붓은 빗나가고 다시 찾아
써 보지만 다음 맥은
십리 밖에 찢기고 한참을 찾아
글씨 위에 글을 덮어 씌워 있다
비몽사몽 무엇에 취했을까
잠일까 꿈일까

하늘에 둥근 달빛

서리 맞아 물든 나뭇잎이
춘삼월 꽃보다 붉고 아름답다
상쾌한 가을바람에
구름 한 점 없는 끝없는
하늘에 둥근 달로 떠있었다
돌아가는 기러기 울음소리가 한창이다
사람의 그림자가 발끝에 비치니
하늘에 밝음보다
풍광도 맑구나
고요한 산간에 죽림소리 잊고
맑은 연못에는 난이 홀로
향기를 풍긴다
돌아가는 기러기 가을향기
누런 갈대는 천리 달빛에 비치고
달 밝은 밤마을마다
님을 그리고 하늘은 맑다
기러기 날아
강변 갈대꽃에
바람이 분다

맑은 풍광

서리 맞아 물든 잎
춘삼월 꽃보다 붉고 아름답다
상쾌한 가을바람
구름 한 점 없는 하늘
하늘가에 둥근 달
돌아가는 기러기 울음소리 한창이네
사람의 그림자가 발끝에
비치니 하늘의 밝음보다
풍광도 맑구나
고요한 산간에 죽림소리 일고
맑은 연못가에 난이 호올로
향기를 풍기네
돌아가는 기러기 가을 향기
누른 갈대는 천리 달빛 비치고
달 밝은 밤마을마다
님 그리고 하늘은 맑다
강변 갈대꽃에 바람이 분다

콧물 젖은 원고지

계절은 향기에 취해
금방 눈이 감기고 글자가
보였다가 안 보였다가 가물가물
새가 되어 날으다가 나비로 왔다가
금방 없어졌다가
글자 위에 덮어씌우고
어디다가 점을 찍을 것인지
획을 글 것인지 다 잊어버리고
원고지에 코를 박고 코고는
소리가 내 귀에 들리는 내 코 소리에
깜짝 놀라 잠에서
깨고 나니 원고지에 콧물이
고여 글씨와 원고지가
젖고 처져 알아볼 수가 없다
그래도 덜 깬 잠은
어디다가 선을 긋고 점을
찍을까 고민스럽다
선도 연도 알 수 없는
점을 찍고 밝은 자리에
다시 획을 그어본다

내 나이 몇 개이게

본래 내 나이는 몇 개이었을까
지금껏 몇 개를 먹고 남은 건 몇 개일까
아무리 생각해 봐도 답이 없다
새벽부터 거리로 나와 가는 차 오는 차들을
피해가며 차 뒤를 따라가며
내 나이를 세어본다
1차선에 30개 두고 2차선에 20개 두고
3차선과 4차선에 차들이 나를 쫓아오는
바람에 다 잊고 지워져 버렸다
처음부터 다시 시작해야 된다
내 나이 몇 개이게 셈은 1차선부터
다시 해야 한다
정확하게 확실히 해야 한다
내 나이는 60개였다 남아 있는 것은
많이 남았으면 다섯 개 적게 남았으면 세 개
일 것이다 현대 계산법으로나
지동설과 천동설 계산법으로나
내 나이는 많으면 다섯 개 남았고
적게는 세 개일 것이다

나의 임종은 오늘밤 자정에 오라

나의 임종은 눈 오는 밤 자정에 오라
그리고 조용히 오라 눈 오는 밤 잠들거든
깨우지 말게나 그런 생각 저런 생각 잠생각에
잠이 들어 깨어나 보니 새벽 창이 열린다
눈이 왔다 하이얀 눈이 온 세상을 백옥같이
흰 눈으로 쌓여 있다 차마 눈이 시려 볼 수가 없다
대강 대강 겉옷을 주워 입고 밖으로 나와 보니
나는 깜짝 놀라 어떻게 해야 좋을지 분간이
가지 않는다 발밑에 밟히는 것은
눈이 아니고 어제까지만 해도 몽실 몽실
꽃 봉오리로 개화준비를 하고 있었던 꽃들이
밤사이 활짝 피어 눈이 쌓이듯이 소복소복
온 산하가 하이얗다
착각도 자유라드니 하루 밤 사이
다른 세상에 갔다 온 것 같다
아무리 덜 깬 잠이지만 겨울눈처럼
소복한 것은 처음 보는 것 같다 하룻밤 사이에
꿈을 꾼 것일까 꿈을 꾸는 사이에
계절이 바뀐 것일까 모든 것이 어설프고

당황스럽다 하룻밤에 어디로 왔다 갔다 했을까
내 몸속에 혼불마저 어디로 가고 없는 것 같다
세월도 세상도 비빔밥이다
하룻밤에 두 세상을 산 것일까 왔다 갔다 했을까

우리네 부엉이 야수(夜守)

- 노무현 대통령 추모글

촛불로 맺은 인연 추억도 없이
눈물 배타고 떠나가는 바보
민주장 진혼곡은 누굴 위한 북소리인가
조시의 나팔소리 산하의 슬픔이여
노제길 고개마다 군중 속 외로움
빈곤 속에 민주는 길 잃은 사천만 물결
운구행렬 영결식장 구름 같은 한마음
이별은 또 만남의 깃발이겠지
만장기에 감싸인 선구자의 노래는
민초들의 한을 나르며
우리네 부엉이는 날밤 새워 울어도 못다 울
한 개비 담배연기로 보내고야
다 알고도 말하지 않는 바보
조금만 더 휘어지지
타협 대신 유택을 택한 바보
애석하고 비통해도
오월의 푸르름으로 님을 보냅니다
봉화산 부엉이는
새천년 도담아줄 민족의 여신이여

유년에 놀던 고향동산
보내는 마음 아프랴만 떠나는 맘 못하리
동서로 남북으로
님 없는 오월을 한으로 보내고야
알맹이로 갈아엎을
우리네 야수(夜守)

민주의 여신
- 김대중 대통령의 추모글

당신을 많이 의지하고 살아왔나 봅니다
당신 없는 이 순간 내 몸에서
무언가 다 빠져 나가버린 것 같습니다
통곡의 고통 절뚝거리며 느리게 찾아낸
자유와 민주영정 앞에 하이얀 꽃 한 송이
우릴 대신함이 부끄럽습니다
왠지 늘 그냥 믿음직하고 남쪽 땅
고향 친형 같은 사람이었습니다
죽음에서도 할 말 다하고
빼앗겼던 민주화를 찾아주신 당신
참으로 고생 많으셨습니다
사선을 걸어나와 다시 외치는 함성의 끝자락
새로운 역사가 펄럭이는 민주의 깃발
인동초 향기가 하늘 아래 화알짝 퍼져
세계가 한 마음으로 애도하는 물결
이제 무거운 짐 내려 용서하시고
무궁화동산에서 영원히 지켜보소서

술에다 술을 타 버리더라

초담집 갈대로 이은
노무자집 이삼일이 지나도
찾아오는 사람 없고
지붕 위엔 조용한 바람소리
새들을 불러 모아 지저귄다
집안에는 쌓여 있는 책뿐이로다
꽃을 보고 고요함이 남으로 간다
난세에 구름을 타고
동으로 서로 남으로 가자
이슬 머금은 꽃을 따
이 시름 잊게 하는
술에다 술을 타 세상이 날 버리더라
작은 탄식 가을 국화 마음대로
돌아 돌아
피고 지고 지고 피고
술답게 술을 담가 술에다 버리더라
취하고 취해 나는 술을 마시고
술이 나를 마신다

꽃과 나비

휘파람소리 한 번 떨어진 곳에
모든 짐승들이 감히 앞으로
나가지 못하고 부릅뜬 눈
어린 사슴이 울며 들쑥을 뜯어 먹는다
뒤원에 가을 밤송이 스스로
벌어져 수많은 다람쥐가
취하여 노는구나
잠자리는 느리게 날고
철새는 심히 운다 들꽃 사이로
춤추는 나비들
들 강물 날으며 아직도
꽃을 찾는데
붉은 꽃송이 춤추는 나비들
자고 나서 춤을 추고
춤을 추다 잠이 든다

효포소리에 놀란 짐승들

노년에 몸을 맡길
반쪽 경험하지 못한 것들뿐이다
해지도록 김을 매고
돌아와 보니 기다리는 이 없는 몸
신음소리만 탁하게
조용히 하루가 저문다
지나노라니 목동이 피리소리
희롱하며 소를 타고 오고 간다
날은 따뜻하고 바람은 온화하여
꽃은 만발하고 밭가는 방법을
가르쳐 구추가 되면
사나운 호랑이가 숲에서 나온다
효포소리에 산하가 움직이고
이를 가는 때가 모든
짐승들이 놀라 숨더라

제발 제발 잘 좀 해라

일상의 슬픔 때문에
근심인들 할 틈이 없더이다
벼슬은 무엇 하는 데 쓰는 것이며
초야는 어디다 묻을까
누구의 은혜에 보답하고자
이럴 뜻 사람이면 다 사람이랴
사람이어야만 사람이지
어진 사람 없다면 나 또한
뉘에게서 가르침을 받을까
중앙에 높이 앉은 나리들
걱정인들 할 줄 아는가
눈도 귀도 없느냐
그러나 봄은 눈부시다
남해서 풍경이 펼쳐오면
사나운 물결도 잔잔하더라
남풍에 몸을 맡기고
해지도록 높은 데 서서
구름 위로 걷는다 둥둥 떠나는
집시 같은 나그네들 제발 제발
자~알 좀 해 봐라

작은 바람에 댓잎이 흔들린다

헤초는 본디 난의 족속이다
때문에 흡사하게 향도 같은 것이다
약간 꽃내음 풍기는 듯
맑은 절개가 서로를 업신여긴다
높은 대나무가 두려워서 푸르니
속은 비고 마디는 곧음이더라
푸른 대나무가 맑은 바람에
푸른 질 푸른 길
황소 따먹기 시작이다
맑은 바람이 대나무 잎에 가득하다
고요한 산중에 사시로 잎을
고치지 않는다 대나무야
집을 들어 싸고 있으니
맑고 깊은 정 취미가 남아있네
작은 바람에도 댓잎이 흔들거리는 것은
나무야 대나무야 부엌칼로
칼춤을 춘다 댓잎은 부엌칼 같고
부엌칼은 댓잎 같더라

시원한 솔바람

솔솔 부는 솔바람 나무에 걸쳐
시원한 봄 구경 졸졸 흐르는
시냇물은 맑고 여름으로 가는 무더운
산과 물이 더위를 식혀 볼 만한
구경거리를 연출하겠지
골짜기는 적막한데 어디선가 간간이
들려오는 새 우는 소리 들려오고
우거진 그늘 아래 샘물이 맑더라
앞 다투어 우는 소리 죽림에는
신죽이 나와 청량의 상징이로다
청산은 청청하게 눈에 보이고
유수는 조용하게 귀에 들린다
문밖에 훈훈한 바람 불고
벌써 매미가 울기 시작했나
버드나무는 녹음 짙은 곳에서
새들 울고
석양빛 받아 연꽃은
더욱 더 붉더라

나는 추남이올시다

두 눈은 붉고 두 코는 방공호
두 팔은 부러진 날개입니다
뜻을 얻지 못했으니 날을 수도 없습니다
나무숲을 지나 바람을 쐬고 가니
마음은 독수리처럼 날고 싶습니다
모든 새들이 나를 비웃고 놀려댑니다
올시다 올시다 나는 추남이올시다
천 갈래 만 갈래 찢기고 헐린 상처
어디 한 곳 성한 곳이 없습니다
어느 하루도 그냥 넘어가는 날이 없습니다
추남의 하루살이 긴 강의 흙탕물만 흐립니다
강둑에 흰 갈매기 날 보고 비웃고
안식처도 하이얗고 까마귀는 물들이지 아니하여도
검기만 검더라 조상님께서 물려받은 추남의 몰골
어느 측면에서 봐도 추남이 분명하다
올시다 올시다 나는 추남이올시다
추남의 전통을 지키는 것도 하나의 역사이다

새벽 나무꾼

산에 사는 사람은
산에서 나오지 않고
돌길에는 오래된 이끼만
푸르구나 발은 짧고 귀는
긴 몸이 성품은 어질어서
내가 본래 깊은 산에 사는 것인데
무슨 일로 인간에 떨어졌을까
알 수 없구나 풍년가 한가롭게
날다람쥐 엿보는구나
노루사슴 벗 삼아 한가로이
살아간다
가을 물에 날아 앉은 기러기
산 속 정자에도 계절이 돌아왔네
가을 산에 흰 구름 붉게 타는 단풍
산봉우리에 나무꾼
하늘은 맑고 새벽이슬은
시원하다

이리 오너라

나도 고향이 있었습니다
나도 키 큰 나무처럼 가지가
열리목에서 열리지로 커가고
양팔 벌리고 위험스럽게 서 있었습니다
나도 가지가 있어 행복했습니다
한때는 아름드리 나무는 큰 기침을 하고
이리 오너라 이리 오너라
거 아무도 없느냐 나무야 나무야
키 큰 나무야 거 누구 없느냐
나도 젊었을 때는 좋았을 때가
있었다 오너라 오랄 때 오너라
이리 오너라 나 팔도강산 돌고
도는 투어객이란다
나도 한때는 고향이 있었다네
이리 오너라 너는 오지 않고 나만 나만
오고 가느냐 이리 오지 말고 너만 너만
가거라 아주 가지 말고 보시도 하고 가거라
모르는 촌로님들 다시 태어나 올랍시면
나랑 너랑 같이 가 같이 배우세나
이리 오너라 니가 오너라

인생 연습생

살아 있다는 것
하나만으로도
하루가 소중하다
꿈틀거릴 수 있다는
나의 존재에 감사한다
땅을 밟고 설 수 있고
의자에 앉을 수도 있다
밤이면 잠들고
아침이면 깨어난다
이 또한 천하를
다 가짐이 아닌가
위험이 다가오면
물러서고
나를 부르면 어디든 갈 수 있다
대로를 활보하는 것은
생존의 권리
움직일 수만 있어도
오늘 이 순간이
나는 소중하다

나는 예비 인생

나는 예비 인생일까
세상은 바뀌어도
일상은 그대로이다
태어난 것이 죄스럽다
벌 받을 일 없지만
가난 때문에 많은 것들을 만나보았다
용서할 수 없는 빈곤함
속세와 단절한 흔적 어디에 기록될까
뭇 생명들은 떠날 준비하는데
버려야 할 과거만
포쇄의 계절로 가네
가슴 저린 절규의 사연
함께 새길 사람 없지만
다시 태어나 올랍시면
태산만큼 큰 재산과
담아갈 사연 가져 오렵니다
해찰만 부리다
삶의 끈 놓아버린 한평생
나는 예비 인생일까

김정삼 시집

꿈 속에서 꿈을 꾼다

•

지은이 / 김정삼
발행인 / 김영란
발행처 / **한누리미디어**
디자인 / 지선숙

08303, 서울시 구로구 구로중앙로18길 40, 2층(구로동)
전화 / (02)379-4514, 379-4519
Fax / (02)379-4516
E-mail/hannury2003@daum.net

•

신고번호 / 제 25100-2016-000025호
신고연월일 / 2016. 4. 11
등록일 / 1993. 11. 4

•

초판발행일 / 2023년 6월 15일

•

ⓒ 2023 김정삼 Printed in KOREA

•

값 12,000원

•

※잘못된 책은 바꿔드립니다.
※저자와의 협약으로 인지는 생략합니다.

ISBN 978-89-7969-871-8 03810